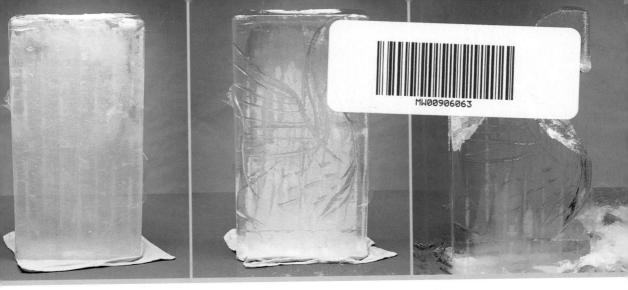

Matsumura's
Ice Sculpture

By Anna Prokos

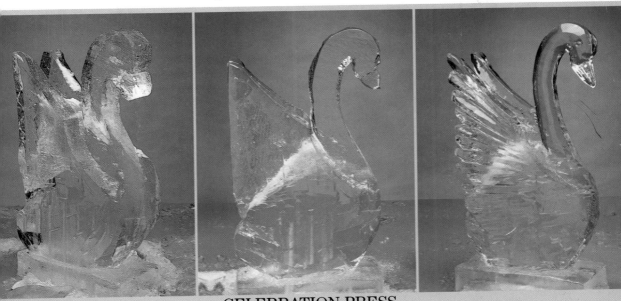

CELEBRATION PRESS
Pearson Learning Group

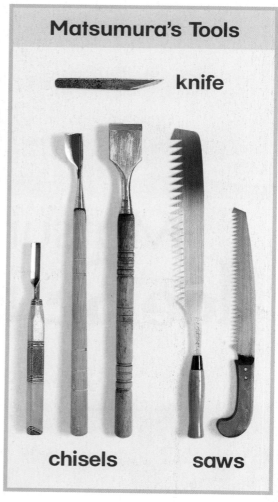

Matsumura's Tools

knife

chisels

saws

Matsumura makes ice sculptures.
He wanted to make something special
with the ice. Matsumura used his tools
to work with the ice.

— Allons à l'  ! dit-il. On pourrait

aller voir notre ami, M. Lecours.

M. Lecours enseigne à l'  .

 et  laissent une

à  ,  et  . Puis ils vont

à l'  .

Mais il y a quelque chose d'étrange.

L'  est sombre et vide.

— Un  ! crie .

— Ça alors! dit . Un  ?

Où ça?

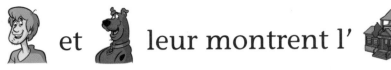 et leur montrent l' ,

qui est sombre et vide.

Puis et les emmènent

voir le .

— Mais ce n'est pas un ,

dit . C'est seulement un drap

sur une vadrouille!

— S'il n'y a pas de , où sont

passés les élèves? demande .

Et où sont les enseignants?

— Les élèves et les enseignants sont

chez eux, dit .

— Comment tu le sais? demande

 , et  sourient, puis

répondent en chœur :

— Parce que c'est samedi, aujourd'hui